KB124089

문학과지성 시인선 446

syzygy

신해욱 시집

문학과지성사

문학과지성사에서 펴낸 신해욱의 시집

생물성(2009)
무족영원(2019)

문학과지성 시인선 446

syzygy

초판 1쇄 발행 2014년 3월 21일
초판 10쇄 발행 2024년 8월 20일

지 은 이 신해욱
펴 낸 이 이광호
펴 낸 곳 ㈜문학과지성사

등록번호 제1993-000098호
주   소 04034 서울 마포구 잔다리로7길 18(서교동 377-20)
전   화 02)338-7224
팩   스 02)323-4180(편집) 02)338-7221(영업)
전자우편 moonji@moonji.com
홈페이지 www.moonji.com

ⓒ 신해욱, 2014. Printed in Seoul, Korea

ISBN 978-89-320-2613-8 03810

문학과지성 시인선 446

syzygy

신해욱

2014

시인의 말

어느 날엔가 쓰게 될 시의 제목이
'즉흥시'였으면 좋겠다.

2014년 2월
신해욱

syzygy

차례

시인의 말

i

체인질링 9

주사위 던지기 10

하류 12

윈터바텀 14

뮤트 16

허와 실 18

ii

화이트 크리스마스 23

악마의 묘약 24

분갈이 26

복제지구의 어린양 28

이창호의 場 31

역할들 34

중력의 법칙 36

개그맨 38

卒들 40

탈출기 42

로맨스 44

여자인간 46

메두사 미용실 48

프릭 쇼 50

모르는 동생들 52

4인용 식탁 55

단골들 56

복고풍 이야기 58

홍수 60

iii

터치 65

겨울을 나는 방법 66

선물 68

대기자들 70

비둘기와 숨은 것들 73

일기와 유령 76

문워킹 78

iv

무언극 83

개의 자리 86

포옹의 끝 87

종의 기원 90

전염병 92

괄목 94

마이크로코스모스 96

아담의 사과 97

승차권 100

산초 판자의 말씀 103

문지기 106

표 있음 108

exchange 110

포즈 112

뇌에 든 것 114

녹취록 116

환생실습 118

v

간이식탁 123

내가 감춘 것들 124

이렇게 앉은 자세 126

메아리 128

예언보다 가까운 130

다음에는 중간에서 132

未然에 134

i

체인질링

영물들에게 둘러싸여
눈부신 하룻밤을 보냈습니다.

동심원들이 찰랑거렸습니다.

깊이
깊이
아주 깊은 데까지 젖은 돌이
이쪽을 물끄러미 보고 있었습니다.

바꿀 것이 있는데

나의 아름다운 악몽은 조금씩
밝아오고 있었습니다.

지평선이 없었습니다.

주사위 던지기

주사위의 내부에는
반듯한 모서리들이 이렇게나 많구나.

아. 이런 방에서 하녀로 일하며
정성스레 걸레질을 하는 것이 나의 꿈이었어.

동생의 그릇은 너무 아름다워서
물밖에 담을 수가 없고

나의 사념은 산성액에 녹아
기포가 되어 올라오고

모서리는

모서리는

함부로 망가지는 법이 없지.

방수가 되기도 하지.

세상의 주사위들이 한꺼번에 던져지면
진짜 복소수가 나올지도 모르니까

이야기를 잃은 사물들아, 그러니 근심을 접고
이리 와봐.

여기가 아주 좋아.

하류

내 밥을 먹어줄래.

나는 밑에서 기다릴게.

              *

물고기자리의 전생으로 거슬러 올라가 알을 낳은
다음
거기서 슥
기진맥진해질 수 있으면 좋으련만

나는 별점을 망쳤거든.

다리가 아프거든.

인어가 될까 봐 무섭거든.

*

조금 더 밑으로 내려가
너의 화장실을 다녀와줄까.

너의 속옷도 빨아줄까.

물 묻은 손을 옷에 닦는 것이 너무 좋아
나는 가슴이 터질 것 같거든.

멀어버릴 것만 같거든.

윈터바텀

잠이 오기 전에 어서 옷을 입어. 어서.

옷을 덮고 잠이 들면 다시는 일어날 수가 없어
진다.

옷 위에 하나의 이야기가
그 위에 또 다른 이야기가 낮게
점점 더 낮게 무너져 내려서
나의 진실에 대해서는 몇 대목도 구분할 수 없
게 된다.

삼차원에 합류하기 위해 기울인 눈물겨운 노력들이
전부 쓸모없어지게 된다.

셀 수 있는 손가락만이 점점 많아지게 된다.

중복되는 손가락으로는 희망을 걸 수 없어서
나는

그리고 너는
춥게 된다.

음수를 상상하지도 못하면서
영보다 작아지게 된다.

뮤트

입안이 이빨로 가득해서
나는 지금
하고 싶은 말을 할 수가 없구나.

하고 싶은 말을 다 하고 나면
배가 고파질 텐데.

우유가 마시고 싶어질 텐데.

*

우유를 먹고 자란 이 세상의 모든 아이들이 지붕
위에 던진 젖니를 모아
　차근차근 탑을 쌓아보면 어떨까.

바벨의 탑보다 높이.

더 높이.

*

그런 탑의 꼭대기에 까마득히 서서
젖니를 혀 밑에 숨긴
이 세상의 모든 아이들이 모르는 이야기에 닿으면
좋을 텐데.

내 목에는 묵음들이 가득 고여 있으니까.

묵음들 속에는
생각이 없으니까.

내가 놓친 소리들이 가청권 바깥에서
나를 기다리고 있을지도 모르니까.

허와 실

X축 위에는 사람이 없으니까
외줄을 타자.

그럴까.

*

그런데 나는 어떤 길이의 릴레이에
이렇게 속하고 만 것일까.

시간은 왜 이토록 따뜻하게
보통빠르기로 보조를 맞추는 것일까.

초읽기에 들어가서도
나를 버리지 않는 것일까.

*

좌표를 잃은 것 같다.

미래를 팔아 동정을 산 것 같다.

썩은 동아줄에 매달려
흔들리고 있는 것만 같다.

깊은 소외감을 추슬러
fuck, 나는 기껏 운다.

ii

화이트 크리스마스

눈이 온다.

하지만 머릿속이 하얀 건
오늘 하얀 밥을 먹었기 때문.

하지만 하얀 옷을 더럽혔으니
이제 나는 악마가 되겠지.

앞이 보이지 않겠지.

신발 속에는 발가락들이 우글거려서
걸음을 옮길 수가 없겠지.

악마의 묘약

영성체를 얻었다면
달랐을까요.

그동안 저는 인간적으로 성숙하는 대신 들쥐처럼
이빨이 자라 이루 말할 수 없이 어려웠습니다. 이빨
을 갈고 이빨가루를 모아 퉷, 더럽게스리, 침에 개어
반죽을 만들어야 했습니다.

둥글게 둥글게 효험을 기대하며
곤죽이 된 사랑이라 해도 사랑이라면 아무 상관없
다고
허세를 부렸습니다.

하. 하. 하. 또박또박 한국어로 웃었습니다.

                    *

정말 그랬던 걸까요.

실은 저는 이빨만 빼고

무럭무럭 줄어드는 마음의 병을 앓고 있는지도 모

릅니다.

小心琉璃, 발음되지 않는 중국어로

유리를 조심하고 있는 건지도 모릅니다.

흰 가운을 뒤집어쓴 채 실험실에 틀어박혀

야금야금 시간이나 갉아먹는 건지도요.

                    *

보고 싶었어요. 애타게요.

하지만 이토록 오랜만일 수 있다는 게 이해가 되

지 않습니다.

분갈이

영양사의 하얀 가운을 빌려 입고
하필 나는
뿌리가 살아 있는 머리카락을 화분에 심었다.

거름도 주었다.

*

다소곳이 의자에 앉아
나는 식물의 기운이 솟구쳐 오르기를 기다린다.
가능하면
둥근 열매도 맺혔으면 좋겠다고 생각한다.

열매에게 외모가 생기면
영혼을 팔 것이다.

내 영혼의 형식으로 열매가 무르익게 되면
꼭지를 따서 손바닥에 올려놓고

목이 없는 새에게
모이를 주는 방법을 배울 것이다.

                    *

살아 있는 머리카락이
그래도 나에게는 아직 많다.

단백질로 가득하고
비옥하다.

복제지구의 어린양

박수 소리가 들린다.

무신론자의 꿈속에 두 무릎으로 기어들어가 나는 기도를 한다. 주여. 저는 울고 싶습니다. 울고 싶은 마음으로 0에다가 0을 더하며 어깨를 들먹인다. 아멘.

그렇다면 그건 사실 지구에 작별을 고하는 건데.

*

나는 머리를 든다.

산산조각이 난 지구의들이 더미를 이루고 있다. 국경이 무너져 있다. 물이 새고 있다. 나의 무릎이 젖고 있다.

그래도 나는 내가 사는 곳을 알아본다.

그래도 나는 숨을 쉰다.

그래도 여기에는 하나의 달이 뜬다.

                    *

더미를 뒤져
나는 파편들을 맞추어보고 있다.

지구의를 복원해보고 있다.

 발이 저린다. 손가락에 침을 묻혀 코에 바르며 나
는 나의 역할을 맡을 신자의 마음으로 우러러 하늘
을 본다. 저는 벌을 받고 있는 겁니까.

 앞으로 받게 됩니까.

 그렇다면 그건 이미

실물 크기의 지구의에 무릎을 꿇고 있다는 건데.

† "여기는 마치 무신론자의 꿈과 같지 않습니까.": G. K. 체스터튼

이창호의 場

어서. 이쪽이다.

그랬다. 나는
마음이 급했다. 시간에
쫓겼다.

이창호의 바둑알을 훔쳐 주머니에 넣고
전력질주를 했다.

어서. 이쪽이다.

                        *

나는 상대성 나이를 계산해야 한다.

시간이 아닌 것이
시간에 섞이지 않도록

바둑판이 아닌 세계에
이창호의 것이 아닌 손가락으로
하나씩
바둑알을 놓아야 한다.

이번 기회를 놓치면 나는 진짜 승부수를 두게 된다.
초과중력에 사로잡히게 된다.

*

주머니가 무거웠다. *어서.*
이쪽이다.

그러나 하나씩
나는 바둑알을 버려서는 안 된다.

검은 것의 검음과
흰 것의 흼과

무거운 것의 무거움을 혼동해서는 안 된다.

이창호는 책상다리를 풀어서는 안 된다.

나는 이창호를 복기해서는 안 된다. 속도를
늦추어서는 안 된다.

역할들

내가 두 마리의 말을 동시에 타고
서커스를 하는 사람인가요?
나는 말을 타는 사람이 아닙니다.
나는 땅 위에 엎드려 있는 자입니다.
—프란츠 카프카

대역이 정해졌다. 이제 나는
무대 밖의 피아노 앞에 앉아
반주만 하면 된다.

그러나 내게 주어진 악보는
두 개의 손과 한 개의 손가락을 위한 행진곡.
나의 반주에 발을 맞춰 걷는다면
대역은 분명 절름발이가 될 것이다.

이봐, 대역. 안 되겠다. 말을 타라.

그러나 대역에게 주어진 말은 두 마리.
혼자서는 두 마리의 말을 동시에 탈 수 없다.
말을 버리고
몰래 달아날 수도 없다.

우리는 처음부터 틀렸던 것일까.

있어야 할 선율은
왼손과 오른손의 자리가 뒤바뀌어 있는 둔주곡.
말을 대신해서
허벅지 뒤쪽이 뻣뻣해지도록 트랙을 달린 다음
갑자기 쓰러지는 주인공의 이야기.

이제 와서 역할을 바꿀 수는 없다.

나는 절름발이에 가깝고
대역은 얼굴이 필요하고
피아노 건반의 수는
셀 수 없을 만큼 많다.

이런 피아노는
어떻게 혼자서 치는 것이더라.

중력의 법칙

저는 아이작 뉴턴을 만나야 합니다.

*아무리 높은 곳에서 떨어져도 너는 죽지 않아. 다만
꿈이 깨질 뿐이다.*

그래서 저는 그렇게 했습니다.
구부린 등 위로
이불을 뒤집어쓰고 있게 되었습니다.

　　　　　　*

다행히도 그것은
이불 속에 파묻혀야만 생각나는 것이었습니다.

하지만 저는 땀을 뻘뻘 흘리다가
실물보다 큰 생각에 사로잡히게 됩니다.
몸이 점점 부족해지게 됩니다.

저의 머릿속에는 솜이 많이 들어 있습니다.

죽은 사람을 흉내 내는 것처럼 어리석어 보입니다.

                    *

저는 아이작 뉴턴에게 물어볼 것이 많습니다.

아무리 팔이 길어져도
어째서 한번 가라앉은 것은 손에 닿지 않는 걸까요.

죽은 손을 흔들며 작별인사를 해도 안 될까요.

날개가 달린 꿈을
제가 꿀 수는 없는 겁니까.

이불 속에는 저 말고
무엇이 또 있는지요.

개그맨

손을 썼다.

한 페이지가 아니라
한 줄이 아니라
손톱이 길어서 연필을 잡을 수 없는 게 아니라

손가락을 목구멍에 집어넣어 영혼을 토해낸 다음
가루로 만들어 다시 입에 털어넣고

기브 미 워러……

(웃어봐들 제발)

나는 죽은 농담을 흘리듯 혀를 굴려보지만……

무의미의 맛에 중독이 된 후에는 독배를 마셔도
비틀거릴 수 없다.

끔찍한 시를 쓰고 나서는 맹물로 입을 헹궈도 소
용이 없다.

나의 글씨에는 획이 하나 모자란다.

연필이 짧아져서 지우개만 남게 될 때까지

쓸 수 없는 것과
써서는 안 될 것들이
나에게 맡겨진다.

쫄들

제비를 뽑았다.

우리는 손이 떨린다. 우리는 두리번거린다. 우리는 머릿수를 센다. 우리에게는 빠진 것이 있다. 우리의 순서는 하필 빠진 것으로부터 시작된다.

이제 어쩐다?

우리는 어깨를 모은다. 우리는 목소리를 죽인다. 우리는 자기소개를 한다.

사복을 입고 있는데도 우리는 모두 이름이 같다. 이름이 밝혀질 때마다 우리는 벌거벗기는 기분에 사로잡힌다. 숨고 싶다.

빠지고 싶다.

그러나 우리는 명찰을 달기로 한다. 명찰을 단 가

슴에 손을 얹기로 한다.

가슴이 두근거린다.

우리는 줄을 서야 한다. 우리는 결번으로 시작되
는 수열을 완성해야 한다. 끝에서 끝까지

우리의 이름이 빠짐없이 들어찬 사전을 만들어야
한다.

탈출기

모두 핑계였습니다.

인육만두를 만드는 중국 이야기 속에서 인육의 역할을 맡아 열연을 한 사람은 없었습니다.

우리는 짝을 맞추어
만두를 빚고
만두를 먹었습니다.

마법에 걸려 만두가 되었다는 사람들의 잘린 머리를
은쟁반과 함께 잊으려고 애를 썼습니다.

신체발부수지부모 신체발부수지부모 주문을 외웠습니다.

밀가루를 뒤집어쓴 채
실은 다 같이 탈출을 기도하고 있었습니다.

기립박수를 받았습니다.

받고 있습니다.

끝날 기미는 지금도 보이지 않습니다.

입을 헹궈도 입속에는
밀가루 냄새가 가득 퍼지고 있습니다.

로맨스

—나라면 그러지 않았을 거야.
뱀이 말했다.

—나라면 그러니까,
뱀은 기를 모았다.

—아담의 갈비뼈를 모조리 부러뜨려 종이봉투에
담은 다음,
뱀은 태권도 같은 것을 했다.

—애틋한 마음으로 기합을 불어넣고,
뱀은 심호흡을 했다.

후

후

후

—이렇게 정성껏 봉투의 입을 묶었을 거야.
뱀은 복잡한 똬리를 틀었다.

—나라면 오래오래 기다릴 수 있었을 거야.
뱀은 겨울잠에 들려는 것 같았다.

—나라면,

—만약에 나였다면,

여자인간

알아? 나는 여자인간이니까
생리를 한다.

그렇지만 손에는
다른 종
다른 류의 피가 묻어 있기도 한다.

피가 묻은 손으로
나는 흰 밥을 소금에 찍어 먹기도 한다.

흰 빨래가 햇빛에 마르는 소리를
듣기도 한다.

마른 빨래에 입과 손을 닦고
잠깐만.

(꺼져버려)

지구에서 소리 없이 사라져간
다른 종
다른 류의 인간을 약간씩 세어보기도 한다.

손가락이 남기도 한다.

손가락이 모자라기도 한다.

메두사 미용실

미용사와 나는
미용사로서의 자세와
나로서의 자세로
영원한 사랑에 빠지기 직전이었다.

(목을 쳐라)

거울의 안쪽에서
나는 메두사의 얼굴을 보고도 돌이 되지 않을 만
큼 철면피였다.

나의 어깨 위에서
미용사는 메두사의 머리카락을 맨손으로 땋을 수
있을 만큼 담력이 센 사람이었다.

(실토라도 해)

나에게서는 파마약 냄새가 난다.

미용사의 손가락에서는 전기가 흐른다.

입을 맞춰
미용사와 나는 거짓말을 한다.

메두사를 한다.

프릭 쇼

새 옷을 열 개쯤 껴입고 새사람이 된 광대와
태어날 때부터 입고 있던 옷으로 땀을 훔치는 광
대가
하이파이브를 하고
팔짱을 끼고
가면을 빼앗긴 광대의 적나라한 인격을 위해
랄랄라 돌고 돌며 노래를 한다

발바닥에 파룻파룻 새싹이 돋았다네
발바닥엔 얼마큼 싱거운 물을 주어야 할까
싹을 키우면 발바닥은 뿌듯할까
싹을 뽑으면 발바닥은 시원할까

랄랄라 우리는 양말을 사랑하고
광대는 신발끈이 밟혀 넘어지고

머리를 땅에 묻고 흙냄새를 맡을까
감자처럼 착하게

고구마처럼 듬직하게

하늘로 하늘로 발바닥을 뻗어볼까

랄랄라 광대는 혀가 짧고

우리의 귀는 수제비처럼 뜯어지고

후렴은 누가 하지?

우리의 만면에는 갸륵함이 넘치는데

광대의 엉덩이는 이름을 쓰고 있는데

모르는 동생들

우리는 동그랗게 둘러앉아
머리를 맞대다시피 하고 간식을 먹고 있다.
우리의 시간이 끝나지 않도록
조금씩 조금씩 아껴 먹고 있다.

우리의 등 뒤로는 맏이가 원을 돌고 있다.
태엽이 풀린 운동선수처럼
맏이의 호흡은 엉망. 맏이는
우리를 세지 못한다.
맏이는 우리가 뒤를 쫓는다고 믿고 있다.

(가운데로 불러들여 이야기나 시켜볼까)

쉬지 않고 우리의 둘레를 도는데도
맏이에게서는 인기척이 나지 않는다.
쉿. 우리는 올 스톱의 자세로
뒤를 조심해야 한다.
맏이의 원에 갇힌 시늉을 해야 한다.

우리는 몰래 맏이의 옷을 입는 상상에 젖어본다.

속옷에서는 맏이의 냄새가 난다.
우리에게서는 땀냄새가 난다.
조크다, 조크. 지퍼에서는 웃는 소리가 나겠지.
우리는 엉덩이를 털고 일어나지 않는다.

(손수건이라도 던져줄까)

맏이는 고개를 돌려 뒤를 확인할 수가 없다.
그것은 우리도 마찬가지.
우리는 고개를 더 깊이 파묻고
과자를 열심히 먹어야 한다.

(백미러 같은 게 어디 없을까)

맏이가 그리는 원은 조금씩 조금씩 작아지고 있다.

(간식이라도 좀 나눠줄까)

우리는 우리가 몇 명인지 모른다.
처음부터 한 자리가 모자랐으니까
어쩔 수 없다.

4인용 식탁

우리는 손을 꼭 잡고
세 개의 젓가락으로 밥을 먹어야 하는 사이.

우리는 짝이 맞지 않는다.

가능성이 많으니까 자꾸 멍이 들고 있다.

무엇을 생략해야만 우리는
허기를 느낄 수 있을까.

우리의 모습이 거울에 비친다면
어떤 종류의 사람처럼 보일까.

이웃집의 요리 냄새가 우리의 식탁으로 흘러든다.

우리는 손이 떨린다.
우리는 젓가락으로
열심히 밥을 먹어야 하는데.

단골들

그들은 나의 작은 손님들이었다.

나는 주문을 받아야 하지만
작은 손님들의 합을 구하는 것은 쉬운 일이 아니
었다.

작은 손님들은 내기를 하는 것처럼
작은 것을 서로 과시한다. 차례를 미루며
서로 등 뒤에 숨으려 한다.

그러나 작은 손님들은 하나같이
나의 눈을 피하지 않는다.

더 이상 작아질 수 없는 점이 될 때까지
나에게서 믿음을 거두지 않는다.

반 잔의 물을 나누어 목을 축이고
다른 것을 요구하지 않는다.

내가 나의 눈을 의심할 수는 없다.

규모가 큰 희극 속에 엉망으로 혼자 남은 것처럼

웰컴 웰컴!
쌩큐!
또 오세요!

나는 영영 가게의 문을 닫을 수가 없다.

밀린 주문들을 찾는 수밖에 없다.

복고풍 이야기

나에게는 옷이 하나 있다.

옷에게는 단추가 하나 있다.

하루하루. 하루하루. 나는 바늘을 잡아야 한다. 나는 단추를 옮겨 달아야 한다. 아. 고역이다. 옷은 뇌가 없으니까. 옷은 손도 없으니까. 단추의 위치가 바뀔 때마다 새 삶이 시작된다고 믿으니까. 새 삶을 얻기 위해 나에게 매달리니까. 망측한 구멍이 생겨도 뻔뻔하게 잊으면서. 오물을 뒤집어쓰고 목욕도 하지 않으면서. Reset이 불가능한 나를 좋아하지도 않으면서.

쉴 새 없이. 악의 없이. 똑같은 원단을 마르는 가위 소리가 들려오는데. 신발이었다면 발목이라도 잘랐겠는데. 옷은 잠을 자고. 나는 단추의 새 자리를 찾고. 옷의 갱생이나 돕는 것이 나의 본분이라니. 꿈이 천천히 풀려 하루와 하루가 이어지는 일을 막는

데 나의 하루를 보내야 하다니. 어제가 없도록. 옷이
나를 빙자할 수 없도록. 하루하루. 하루하루.

　나는 단추를 옮겨 달지 않으면 안 된다.

홍수

어제는 화요일.
내일은 수요일.
오늘은 음력의 비가 온다.

비를 피해
성모상의 엄지발가락을 문지르고 무릎을 꿇는
흉내를 낸다.

잘하면 은총의 빛이 퍼진다지만
(저는 믿음이 없으니까 보험에 들게 해주십시오)

나는 불신지옥이 무서웠다.

고개를 들면
우연에 중독된 얼굴이 천천히
거기 계실 것이었다.

맹목으로 윙크를 하실 것이었다.

한 번.

두 번.

세 번.

강 같은 눈물을 흘리며

도무지 도무지
내일을 참을 수가 없게끔

오늘의 비가 액면 그대로
그칠 수가 없게끔

터치

내가 만지작거린 건 생각의 모서리였을까.
미물의 더듬이였을까.

아니면 그저 이불 바깥으로 삐져나온 나의 발을
가만히 잡고 있었던 것일까.

표절을 할 겨를도 없이 허락받았다는 생각이 든다.

이런 식으로 공기에 속하게 되다니
가짜 비에 젖고 있는 것만 같다.

겨울을 나는 방법

석고로 주먹을 떠서 외투의 주머니에 넣었다.

주머니는 아주 깊다.

추위를 잠시 잊고
나는 한결 가벼운 손이 된다.

가파른 각도로 연필을 잡고
낭떠러지를 떨어져버리는 것처럼 글씨를 쓰게 된다.

뼈의 소리를 듣게 된다.

골절의 아픔을 딛고 깁스 위에 평생토록
메모를 남기는 일을 맡게 된다.

글씨가 조금씩 무너지게 된다.

필적 감정을 요구받게 된다.

그제야 나는
동면이란 무엇인가 생각하게 된다.

주머니는 깊고
주먹이 잠들어 있다.

곱은 손가락을 펴고
연필을 맡게 될
뒤늦은 시간이 오려는 것 같다.

선물

기척이 났다. 누구지?

내 손을 뒤로 모아 그는 노끈으로 묶는다.

종이상자를 접어
나의 무릎 위에 가만히 올려놓는다.

나는 눈을 크게 뜬다.

내가 잃었던 생각의 자유들이
전부 여기에서 흘러넘치고 있구나.

날이 추우면 고드름이 되겠구나.

그러다가 날이 풀리면
나는 손이 끈적해지겠구나.

또 하나의 종이상자를 접어

그는 내 손에 쥐여준다.

아.
나는 이렇게 탄성을 흘리고 싶구나.

자정이 되기 전에 옷을 벗고
상자 속에 웅크리고 싶구나.

종이상자를 종이상자로 덮어
리본을 묶는 법을 그는 나의 등에 적어준다.

노끈을 풀어준다.

그의 뜻이 찌르르 나에게 닿는다.

대기자들

우리도 의자에 반듯하게
자리를 잡기로 하자.

내가 너의 뒤를 보아줄게.

너는 수를 세라.

*

사실 나는
너의 코치가 되고 싶었던 것일지도 모른다.

너의 어깨 너머로
너의 책을 읽으며
네가 읽는 페이지에
나의 손가락을 끼워둘 수 있으면 얼마나 좋을까.

이토록 시간이 많으니

나의 손가락에서부터 우리가 새로 시작할 수 있으면
얼마나 좋을까.

                    *

그렇지만 너의 차례가
조금씩
먼저 다가오고 있다.

반듯하게 의자에 앉아
나는 쓸 수 없는 손가락으로 너의 수를 대신 세고
있다.

내 뒤의 의자에도
그 뒤의 뒤의 의자에도
제발 네가 앉아 있을 수는 없을까.

내가 사라지지 않도록

너의 대열에 나를 끼워주면 안 될까.

*

한 개의 동전이 영원히 구르는 듯한 소리가
너와 나의 사이에서
들리고 있는 것 같은데.

비둘기와 숨은 것들

공기 속에 팔을 집어넣었다.

공기의 내부는
거짓말처럼 투명하다.

미생물들이 숨을 쉰다.

살아 있는 비둘기들이 푸드덕거린다.

살아 있는 손이
손에 잡힌다.

어깨뼈를 만져보게 해다오.

                    *

이게 아니었는데.

속초의 돌을 주워 여수 앞바다에 던지려다
팔이 빠졌는데.

영원한 포물선을 그리는 건
나의 소원.

나의 어깨에서 분리된
나의 그래프.

옆구리에서 흘러나오는 꿈을
나는 막아볼 수가 없고.

                    *

손은
나의 손을 놓아준다.

살아 있는 것은 공기 속을 떠나지 못하고

공기 속에는 생각보다
많은 공기가 필요하다.

비둘기들도 어찌하지 못한다.

일기와 유령

그것은 분명
내가 몹시 쓰고 싶었던 일기의
유령이었다.

"계십니까."

노크도 없이 나의 면전에 던져진 질문이었다.

*

나는 침을 뱉었다.

살색의 침이 흘러내린다.

울지 말거라.

나는 매번 실수에 사로잡혔다.
이제 와 너에게

애걸의 편지를 쓸 수는 없다.

용서를 받으면 사람이 아닌 게 된다.

쓰지 못한 것들이 흔적도 없이 사라지게 된다.

                    *

나는 안색을 바꾸어서는 안 된다.

세수를 해서도 안 된다.

자존심을 버리고 유령의 색깔에 물드는 건
나쁜 일이 아니지만
그러나 내가 쓰고 싶었던 일기는
유령이 아니었다.

† "용서를 받으면 사람이 아닌 게 된다.": 이마 이치코, 『백귀야행』

문워킹

발을 밟았다.

오른발 위에 왼발. 왼발 위에 오른발.
또 왼발.
또 오른발.

　　　　　*

나는 중간보다 키가 작다.

발뒤꿈치를 들어도 마이클 잭슨의 뒷모습이 보이
지 않는다.

손을 힘껏 뻗어도 시간의 끝에 닿지 않는다.

이봐. 정신을 차려라.
마이클 잭슨은 이미 죽었어.

*

지금껏 숨 쉬어왔던 것들을 뱉으며
나는 박자를 놓치고 있다.

지그재그의 걸음으로
제자리에 가까워지려 하고 있다. 제자리에.

달에.

*

달에 가자. 달에 가면
키가 두 배로 크니까.

마이클 잭슨의 발에 맞춰
왈츠보다 심한 춤을 출 수 있으니까.

.

iv

무언극

"이제 그만하자."

그는 매번 똑같은 얼굴을 하고 내 앞에 나타나
이렇게 말을 한다.

순서를 기다려
假聲으로
애원을 한다.

                    *

그래. 나는 그의 말을 따르고 싶었다. 이제
그만하자.

  그가 뱉은 말의 뼈들이 흩어져 있는 무언극 속으
로 들어가
  내가 하지 않은
  어떤 것을 후회하고 싶었다.

뼈가 없는 영혼처럼 모로 누워
다음과 다음다음과
그다음을 미리 기억해두는 연습을 하고 싶었다.

기꺼이 되돌아가고 싶었다.

그의 옷을 덮고 개꿈을 꾸고 싶었다.

                    *

그만하자. 이제 그만. 그의 이야기 속에서
나는 자꾸 페이스를 잃는다.

시험에 든다.

나는 내 실수의 깊이를 헤아릴 수가 없다.
있었던 것과

있었을 것과

있을 수 있는 것을 구분할 수가 없다.

대본을 잃고 나는 그만

아름다움에 오염될 수밖에 없다.

개의 자리

검은 개가 똥을 먹었다.

검은 개의 혓바닥이 나의 영혼을 핥았다.

검은 개의 눈이 나를 피했다.

그것이 일종의
사랑이어서

나는 슬프고 더러웠다.

추문이 깊었다.

태어날 때부터 지닌 비밀을
개와 나눌 수는 없었다.

포옹의 끝

오. 사. 삼. 이. 일. 제로.

눈을 떴다. 나는

흰 양말을 신은 채로
그의 뒤를 따라 물을 건너고 있구나.

물에는 발목이 잠긴다.
나는 문득
근심에 휩싸이게 된다. 발이 녹아서
물이 되면 어떻게 걷지.

그는 걸음을 멈춘다.
등을 돌려
나를 끌어안고 속삭인다. "괜찮아. 우리는 다리가
네 개인 동물이 아니라 팔이 네 개인 사람이 되고
있는 중이니까."

나를 안은 팔에
하나 둘 셋 넷 다섯 그는
힘을 준다.

나는 흰 양말을 신고 있다.

이토록 깊은 포옹을 하고서도
정면으로 그의 등을 보고 있다.

사람의 등이란 참 좋군. 허를 찌르기에도 좋고 그
림을 그리기에도 좋다. 그림 속에 들어앉아 토르소
가 되어가기에도 좋다. 잃어버린 사지를 생각하며

근심에 젖기에도

근심에 젖다가 물이 되어
산 채로 사라지기에도

스르르 눈을 감아버리기에도

종의 기원

덜미를 잡힌 건가, 내가?

치마를 입고 두 개의 다리로 나는
달리기를 하는 중이었는데.

여자인간에 거의
가까워지고 있었는데.

웃는 소리가 난다, 창피하다, 뒷다리만 돋은 수중
생물이 뒤뚱뒤뚱 자라, 분수를 모르고 직립보행을
한다며, 빈축을 사고 있는 것 같다,

냄새가 난다, 억울하다, 이렇게 땀에 흠뻑 젖었는
데, 땀을 닦으면 금세 말라 죽어버리게끔, 양서류의
살갗에 덮이는 저주에 걸린 것만 같다,

갈채를 받는 건가, 내가?

혓바닥을 길게 빼고 싶어지는데

양말을 자꾸 손에 신고 싶어지는데

(이래서는 안 되는데)

그렇다고 치마를 입고 물구나무를 설 수는 없는데

그렇다고 인간사표를 쓸 수는 없는데

그렇다고 지구 바깥에서 다시 태어나
순결한 얼굴로 주위를 두리번거릴 수는 없는 거잖
아요

† 「인간사표를 써라」: 박노식의 영화 제목

전염병

그는 나에게 질문을 던지고 싶어 했다.

꿈속에서 죽은 쥐가
지금 어디에서 썩고 있는지 아니.

나로부터
썩 물러난 간격을 유지하면서도 그는
나의 눈에 달라붙어 있었다.

끈적하기가 이루 말할 수 없었다.

손을 쓸 수가 없었다.

침이 가득 고인 입으로는
답을 할 수가 없었다.

독을 먹은 게 내가 아니라면
그런 게 아니라면

말로 할 수 없는 이런 슬픈 사연이란
무엇일까. 정녕.

나에게 있는

그 아니면 쥐.
열이 있는

그 아니면 쥐.

체온을 유지하는 일은
어떻게 해야 하는지 아니.

괄목

쉿. 나는 눈병을 앓고 있으니까

왼쪽으로 더듬더듬 단체사진 속으로 몰래 들어가
눈에 띄지 않는
잘못이 되어야 할 것 같아.

나는 나의 장르를 바꾸어야 하거든.

오늘은 오른쪽에 나와야 하거든.

내일은 새벽 아홉 시의 방향에서
처음부터 다시 태어나야 하거든.

                    *

나는 구인광고의 주인공이 되어 있겠지.

점점 더 작은 것에 눈독을 들이다가

눈이 멀어버린 미생물학자의 조수가 될지도 모
르지.

눈을 비비고 싶을 거야.

그의 머릿속에 핀셋을 넣어
더듬더듬
눈에 띄지 않는 벌레들을 집어내야 할 거야.

마이크로코스모스

토착생물처럼 낮고 축축한 꿈을 꾸며
쿵쿵거리는 흉내를 내다가

정말로 잠을 많이 자서 미칠 것같이 따뜻해진다면
그래서 나의 인생이 짧아지게 된다면

조용히 다가와 손을 쥐며
너는 너의 육안을 시험해봐.

줄자를 들고 나의 사이즈를 재어봐.

몇 센티인가.
몇 밀리인가.

아담의 사과

자, 가져.

그는 얼굴을 뒤로한 채 부끄러운 듯 주먹을 내밀
었고
그래서 기꺼이
나도 손바닥을 내밀었던 것이었으나

(이건 뭐지)

파란 사과에 머리를 얻어맞고 기절을 해버린 것
같다.

                    *

머릿속에는 사과알이 성가시게 박혀 있다.

나는 사과껍질을 머리에 둘러 묶은 채
무슨 입시를 준비하는 것처럼 고군분투를 하고 있

구나.

　나의 세계가 구멍 날 것만 같구나.

　구멍에 구멍을 뚫어
　허공에 단단히 고정시키는 기술을 익히면 좋겠
는데.

　구멍의 구멍에서
　실없는 미소가 흘러나오면 좋겠는데.

　　　　　　*

　그럼, 가져.

　그는 손을 뒤로한 채 나의 얼굴에
　의미심장한 미소를 던질 계획인지도.

　나의 얼굴이 구멍인 것처럼.

98

벌레 먹은
사과인 것처럼.

승차권

내 어깨를 흔드는 손이 있었다.

차장의 모자를 깊이 눌러쓰고 나를 내려다보는 눈이 있었다.

내가 눈인사를 건네자 그는 검표가위로 나의 손바닥에 구멍을 뚫는다.

"이제 손은 필요 없으니까 주머니에 넣어두렴."

나는 옷을 더듬어본다. 내 옷에는 주머니가 없다.

모자를 벗어 무릎 위에 올려두고 그는 내 옆에 앉아 신문을 읽기 시작한다.

*

구멍이 난 손바닥을 안경처럼 쓰고 나는 유심히

그를 본다.

 백묵으로 그려진 것 같은 뚜렷한 얼굴로 그는 신문
지를 읽고 있다. 차장의 옷 속에 생각을 숨기고 있다.

 그의 생각은 전체가 손금들로 엉켜 있다.

 단추와 단추 사이에 손가락을 넣어 나는 그것을
만져보고 싶어진다.

                    *

 손바닥을 벗어 무릎 위에 올려두고 나는 맨눈으로
그를 본다.

 차장의 얼굴을 하고 그는 내 어깨 쪽으로 기울며
잠이 들고 있다.

나는 그의 어깨에 팔을 둘러본다.

감긴 눈꺼풀 속에서 물고기처럼 움직이는 눈알에
손바닥을 대어본다.

가슴이 두근거린다.

그의 주머니 속에 손바닥을 넣고 싶어진다.

산초 판자의 말씀

산초가 말씀하셨다,
아차, 까먹었다고,

물 위에는 기름이, 거짓말 위에는 진실이,
맹목적으로,
둥둥,
떠다닌다고,

보고 있으면, 그렇게,
황홀할 수가 없다고,

삼키고 나면, 이렇게,
아아, 두서를 잃고 만다고,

이렇게, 내일이,
영영 올 수 없어진다고,

*

말씀 위에는
액체성의 침묵이 둥둥 떠다니고

풍차 위에는
하필 키호테의 구름이 떠다니고

봐라, 이렇게 맹렬한 현재에는
어울리는 게 하나도 없다,

없었다가,

아니었다가,

아니었다가,

손톱 밑으로 새까맣게 끼어드는

*

보이니?

보여.

문지기
──카프카의 「법 앞에서」

사람이 쓰러져 있다.

나는 무릎을 굽힌다. 그의 눈꺼풀을 열어본다. 색
목인이다. 스물 몇 개의 꿈을 한꺼번에 꾸다가 힘에
부쳐 기절을 한 것처럼 보인다.

그의 주머니를 뒤져본다. 차표가 있다. 그는 심야
버스를 타고 시골에서 왔다. 신분증이 있다. K다. 메
모지가 있다. 약도다.

K. 일어나. 나는 그의 어깨를 흔들어본다.

나는 나의 역할을 떠올린다. 나는 불침번을 서고
있다. K는 문 앞에 다가와 골똘한 표정으로 나에게
청을 넣게 되어 있다. 들어가도 됩니까. 나는 단호하
게 고개를 저은 다음 잠을 자러 가게 되어 있다.

K. 나는 잠을 자고 싶어. 나는 다시 그의 눈꺼풀

을 열어본다. 스물 몇 개의 꿈을 차례로 추적해본다.

그는 긴 버스에 오른다. 안전벨트에 묶인다. 이토
록 밤이 깊어도 길이 끊어지지 않는 신비에 사로잡
힌다. 탁한 눈이 된다. 두 명의 버스 요원이 팔을 잡
아 한쪽씩 어깨에 짊어지고 내린다. 바닥에 부려진
다. 그랬다. 그랬던 게 틀림없다.

K. 우리에게는 일정이라는 게 있어. 나는 그의 머
리를 쓰다듬어본다. 그의 맥을 짚어본다.

눈이 온다.

나는 K의 문패를 확인한다. K를 둘러업고 노크를
하고 싶어진다. 그러나 K로부터 문을 지키는 일을
끝낼 때까지는 불침번을 서야 한다. 이 밤이 지속되
는 신비 속에 사로잡혀 있어야 한다.

표 있음

창구에 손을 밀어 넣고 이제
악수를 하려고 한다

손가락은 홀수여야 한다

다섯 개로는 사람의 흉내를 내야 한다

일곱 개로는 행운을 믿고
열한 개로는 지문이 남지 않도록
주의사항을 지켜야 한다

(외상을 긋겠다니, 아아, 구식이다)

아무것도 없고
밑도 없는 서랍을 뒤지기 위해서는 그래야 한다

나는 실망을 해서는 안 된다
시간을 벌기 위해 머리를 조아려서도 안 된다

차례가 지나가도
내 손에는 표가 되어 있으니까

짝이 맞지 않는 손가락 하나를
일단은 서랍 속에
몰래 남겨두고 나와야 한다

큰돈을 모아
다시 줄을 서야 한다

exchange

맞아. 우리는 사실
흥정이라는 것을 하고 있는 거다.

내가 가진 동전은 셀 때마다 액수가 달라진다.

네가 건네는 지폐는 살아 있는 잎사귀처럼 우수수
흩어진다.

귀가 백 개쯤 달린 중개인은 이 귀에서 저 귀로
다시 저 귀로
전화를 건다. 나를 본다. 너를 본다. 차액이 넘친다.

마음이 탄다. 그러나 나의 맥박이
너의 심장에 맞춰 빨라질 수는 없다.

면목이 없다. 그러나 너의 얼굴 위에
나의 이목구비를 그려 넣을 수는 없다.

우리는 성분이 다르니까

멋대로 바꿔치기를 할 수 없으니까

깎을 수 있을 만큼 깎아내고
더 이상 어쩔 수 없이 가장 소중한
것만이 나에게
그리고 너에게 남을 때까지

돈냄새에 찌든 빈손이 될 때까지

아낌없이

포즈

인간의 마음이 주렁주렁 달린 나무처럼
그는 내 앞에 우뚝 서 있었다.

그는 양말이 젖어 있었다.

나는 얼굴을 들 수 없었다.

젖은 양말이 더욱 젖도록 물을 많이 주며
우리의 미래에 잠겨야만 했다.

*

썩은 마음이 주렁주렁 달린 나무처럼
그는 속이 흘러나오겠지.

그가 흘린 것들을 개처럼 핥으며
나는 이해심을 구걸해야겠지.

염치를 불구하고 히죽히죽
나도 진심을 흘려야겠지.

                    *

우리의 미래에서
그는 발을 뺀다.

그는 내게 키에 맞는 포즈를 요구한다.

분무기로 나의 얼굴에 물을 뿌린다.

나의 멱살을 잡고 흔들며 두 번 세 번 흔들며

어떻게 나무를
사람의 마음으로 설득할 수가 있겠어.
어떻게 그럴 수가 있겠어.

뇌에 든 것

"잠시 실례를 구합니다."

두개골을 벗어 옆구리에 끼고
그는 나의 머리에서 모자를 빌려 쓴다.

그는 빙그레 웃는다.

그는 유머가 넘친다.

약간의 민요를 흥얼거리며
각설이의 걸음을 흉내 낸다.

        *

"네, 네, 얼마든지."
나는 이렇게 장단을 맞추지 못한다.

그의 뒤를 밟으며 격렬한 질투에 사로잡힌다.

두개골을 빼앗아 헬멧처럼 쓰고
그의 유머를 추월하려고 한다.

*

그러나 내 옆에서 그는 빙그레 웃는다.

어깨를 으쓱하고
빈손으로 내게 팔짱을 낀다.

우리는 마치 데이트를 하고 있는 녀석들처럼
보인다.

뇌가 가려우니까
자리를 바꾸어 햇볕을 쬐어야 할 것 같다.

녹취록

숨을 헐떡이며 그가 내 우산 밑으로 뛰어 들어왔다.

그는 주머니를 뒤진다. 종이와 필기구를 건넨다. 종이 건반을 두드리는 손가락처럼 숨소리도 목소리도 없이 이야기를 시작한다. 나는 그의 이야기를 빠짐없이 베껴 써야 한다.

머리에서 쉰 냄새가 난다.
우산으로는 비를 피할 수가 없다.

*

그는 내 손에서 우산을 받아 든다. 한 걸음 뒤로 물러나 젖은 얼굴로 이야기를 이어간다.

종이가 부족하다.

나는 침착함을 잃고 있다. 이야기 위에 이야기를 겹쳐놓지 못한다. 이야기 위에 붉은 줄을 긋고 처음

으로 돌아가려고 한다. 입속에 종이를 구겨 넣고 그
의 얼굴에 낙서를 하려고 한다.

　비가 온다. 우산으로는 비를 피할 수가 없다. 그는
우산을 접어 내게 건네고 숨을 헐떡이며 왔던 곳으
로 돌아간다.

　　　　　＊

　편지를 받았다.

　진짜 건반 위에 손가락을 얹는 기분으로
이제는 목을 가다듬어야 한다.

　베껴 쓴 이야기에 소리를 불어넣고
뜻을
때를
기다려야 한다.

환생실습

결국 그는 나를 기억해낸다.

세 글자로 이루어진 나의 한국 이름을
네 단위로
공들여 끊어 부른다. 부르는 동안 입속으로
어려운 수를 센다.

그는 나눗셈 선수가 되어 있다.

손아귀의 힘으로 사과를 쪼개며
나에게 어울리는 자연수를 생각하고 있다.

$1/n$의 집.
$1/n$의 사과. 그리고
분에 넘치는 시간. 그래도
길이가 같지 않은 눈물.

메트로놈이 움직인다.

*

나는 왼손과 오른손만으로 피아노를 연습해야 한다.

왼손과 오른손의
사이에서
어느 쪽으로도 귀속되지 않는
참을 수 없는 선율이 발생할 때까지.

귀를 막지 않고도
그의 나눗셈이 황금률을 찾을 때까지.

내가 그의 뒤에 숨었는데
그의 뒤에 남는 것이 없을 때까지.

진짜로
심장이 뛰기 직전까지.

간이식탁

네가 나에게 식품과 젓가락을 나누어 주셔서
고맙게 생각합니다.

3부작의 꿈을 모두 꾸고 나니까 몹시
배가 고팠습니다.

3부에 걸쳐 내가 한 일이라곤
매번 뒤늦게 도착해 끝을 보며 울어버리는 것뿐이
었지만.

그런데 이해가 안 된다. 왜 너의 눈에서
내 눈물이 앞을 가리는 걸까.

나는 너를 꿈에서도 그리워한 적이 없는데.

똑같은 축하 케이크를 반복해서 자르며
너의 뒷모습은 언제나 박수를 치고 있었는데.

내가 감춘 것들

돌려줄까.

아니.

나눠줄까.

*

고무장갑을 낀 손으로
나는 나의 얼굴을 안타깝게 쓰다듬어본다.

그렇게 웃지 마라. 우리나라에서 그런 건
나이롱 미소라고 부르지.

물보다 묽다고 하지.

검은 느낌으로 그린
흰 것들처럼

124

머릿속으로 내려와 스르르 녹아버리지.

*

돌아갈까.

아니.

이렇게 앉은 자세

있잖아. 이렇게 탁자 앞에 앉아
숨겨 두었던 팔을 꺼내 머리를 묻으니까
땅속에 숨은 기분이 된다.

땅속에는 깊은 줄거리가 있다고 하지.

실을 따라가듯 줄거리를 짚어가면
나는 제3의 인물이 된다고 하지.

줄거리의 끝에서
우리는 서로를 알아볼 수 없게 된다고 해.

그러니 내 옆의 의자에 앉아
너는 나의 머리를 쓰다듬어주었으면 좋겠다.

밤을 새워주었으면 좋겠다.

눈을 가리고 만든 물건들 속에는

내 손이 섞여 있을 거야.

눈을 가리고 그린 그림 속에서
나는 너를 더듬고 있을 거야.

메아리

저 안에 아는 얼굴이 있니.

아는 얼굴이 있니.

있니.

있니. 나는
거짓말을 했다.

내 입속에 외국인의 혀가 들어 있는 것처럼
그 혀에 혓바늘이 돋은 것처럼
아니면 모조 다이아가 튀어나올 것처럼

거짓말을 했다.

한 손으로는 입을 틀어막고
한 손으로는 대신 주머니를 혓바닥처럼 빼놓고
얼굴이 흙색이 될 때까지

거짓말을 했다.

눈을 부릅뜨고
우리의 무대를 생각하며
그랬다.

나는 말을 자를 수 없었다.

우리는 말을 놓을 수 없었다.
높일 수도
낮출 수도
섞을 수도 없었다.

예언보다 가까운

너의 말이 너무 느리니까
나는 이제 속기술을 익혀서 너를 앞지르려고 한다.

내가 뒤를 돌아볼 거라고는
생각하지 말아다오.

우리에게는 액운이 덮칠 거야.
너의 말은 언제나 미리 이루어지고 있었잖니.
너는 묵비권을 행사할 수가 없잖니.

우리도 속옷 속에
부적을 한 장씩은 지녀야 하는 거다.

우리는 마지막이 같아야 하거든.

죽은 다음에 내가 다시 깨어나서
네게 남은 엔딩에 귀를 기울일 수는 없거든.

죽은 다음에 네가 그쪽에서
나의 귀에 속삭일 수도 없거든.

다음에는 중간에서

잘 가.
다음에는 중간에서 만나자.

나는 뒷걸음질을 친다. 나는 손을 흔들어본다.

여기는 남의 땅. 발을 딛기가 좀 그러니까

다음에는 중간에서
두 개의 영혼이 한 몸뚱이에 속해 있는
쌍둥이가 되어야지.

외로운 점괘들을 모아
데칼코마니를 만들어야지.

모래시계를 뒤집어놓고
시간이 거꾸로 가는 모래 속에 절반쯤 파묻혀
태어남과
태어나지 않음을 동시에 체험해보아야지.

여기는 남의 땅. 과분한 것이 많아
기울어지기 십상이니까

손금이 포개어지지 않으니까

다음에는.

중간에서.

未然에

이제 되었다니. 그럴 리가.

네가 너무 뚜렷하게 살아 있어서 나는 감히
불을 밝힐 수가 없었는데

네가 원을 그리면
나는 더 큰 원을 따라 분실물처럼
건성으로 움직여야 했는데

빛이 건드려본 적 없는 물체들과
나에게 닿지 않는 난해한 경험들 사이에서
내가 잃어버린 건
동그란 열쇠구멍일 것이었는데

그런데 네가
되었다니.

네가 버려진 거라니.

너에 의해 이제껏 내가 기다려진 거라면
누가 누구지.

이런 시간은 뭐지.